DISCOURS
PRONONCÉS
DANS L'ACADÉMIE FRANÇOISE,

Le Jeudi 19 Décembre M. DCC. LIV.

A LA RECEPTION

DE M. D'ALEMBERT.

A PARIS,
Chez BRUNET, Imprimeur de l'Académie Françoiſe, rue S. Jacques.

M. DCC. LIV.

M. D'ALEMBERT *ayant été élû par Messieurs de l'Académie Françoise, à la place de feu M.* L'EVESQUE DE VENCE, *y vint prendre séance le Jeudi dix-neuf Décembre* 1754, *& prononça le Discours qui suit.*

MESSIEURS,

LIVRÉ dès mon enfance à des études abstraites, obligé depuis de m'y consacrer, par l'adoption qu'a daigné faire de moi une Compagnie savante & célèbre, je me contentois d'aimer & d'admirer vos travaux. C'est donc moins à mes écrits que vous avez accordé vos suffrages qu'à mes sentimens pour vous, à mon zèle pour la gloire des Lettres, à mon attachement pour tous ceux qui à votre exemple les font respecter par leurs talens & par leurs mœurs. Tels sont les titres que j'apporte ici : ils m'honorent & ne me coûteront point à conſerver ; puiſſent-ils juſtifier votre choix !

Mais c'eſt trop vous parler de moi, MESSIEURS ; la reconnoiſſance me preſſe de partager avec vous la perte de l'illuſtre Prélat auquel je ſuccède. M. l'Evêque de Vence ne fut redevable qu'à lui-même de la réputation & des honneurs dont il a joui : il ignora la ſoupleſſe du manège, la baſſeſſe de l'intrigue, & ces autres moyens vils qui mènent aux dignités par le mépris : il fut éloquent & vertueux, & mérita par ces deux qualités l'Epiſcopat & vos ſuffrages. Permettez-moi, MESSIEURS, de commencer l'hommage que je dois à ſa mémoire, par quelques réfléxions ſur le genre dans lequel il s'eſt diſtingué : j'ai puiſé ces réfléxions dans vos Ouvrages, & je les ſoumets à vos lumières.

L'éloquence eſt le talent de faire paſſer rapidement & d'imprimer avec force dans l'ame des autres le ſentiment profond dont on eſt pénétré : ce talent prétieux a ſon germe dans une ſenſibilité rare pour le grand, l'honnête & le vrai ; la même agitation de l'ame, capable d'exciter en nous une émotion vive, ſuffit pour en faire ſortir l'image au dehors ; il n'y a donc point d'art pour l'éloquence, puiſqu'il n'y en a point pour ſentir. Ce n'eſt point à produire des beautés, c'eſt à faire éviter les fautes, que les grands Maîtres ont deſtiné les règles. La nature forme les hommes de génie, comme elle forme au ſein de la terre les métaux prétieux, brutes, informes, pleins d'alliage & de matières étrangères. L'art ne fait pour le génie que ce qu'il fait pour ces métaux, il n'ajoute rien à leur ſubſtance, il les dégage de ce qu'ils ont d'étranger, & découvre l'ouvrage de la nature.

Suivant ces principes, qui ſont les vôtres, Messieurs, il n'y a de vraiment éloquent que ce qui conſerve ce caractère en paſſant d'une langue dans une autre ; le ſublime ſe traduit toujours, preſque jamais le ſtyle. Pourquoi les Cicerons & les Démoſthènes intéreſſent-ils celui même qui les lit dans une autre langue que la leur, quoique trop ſouvent dénaturés & traveſtis ? Le génie de ces grands Hommes y reſpire encore, &, ſi on peut parler ainſi, l'empreinte de leur ame y reſte attachée.

Pour être éloquent, même ſans aſpirer à cette gloire, il ne faut à un génie élevé que de grands objets. Deſcartes & Newton (pardonnez, Messieurs, cet exemple à un Géomètre qui oſe parler de l'éloquence devant vous) Deſcartes & Newton, ces deux Légiſlateurs dans l'art de penſer que je ne prétends pas mettre au rang des Orateurs, ſont éloquens lorſqu'ils parlent de Dieu, du Temps & de l'Eſpace. En effet, ce qui nous élève l'eſprit ou l'ame, eſt la matière propre de l'éloquence, par le plaiſir que nous reſſentons à nous voir grands ; ce qui nous anéantit à nos yeux n'y eſt pas moins propre, en ce qu'il ſemble auſſi nous élever, par le contraſte entre le peu d'eſpace que nous occupons dans l'Univers, & l'étendue immenſe que nos réfléxions oſent parcourir, en s'élançant, pour ainſi dire, du centre étroit où nous ſommes placés.

Rien n'eſt donc, Messieurs, plus favorable à l'éloquence que les vérités de la Religion ; elles nous offrent le néant & la dignité de l'homme. Mais plus un ſujet eſt grand, plus on exige de ceux qui le traitent; & les loix de l'éloquence de la Chaire compenſent par leur rigueur les avantages de l'objet. Preſque tout eſt écueil en ce genre; la difficulté d'annoncer d'une manière frappante & cependant naturelle des vérités que leur importance a rendues communes; la forme ſèche & didactique, ſi ennemie des grands mouvemens & des grandes idées; l'air de prétention & d'apprêt qui décèle un Orateur plus occupé de lui-même que du Dieu qu'il repréſente; enfin le goût des ornemens frivoles qui outragent la majeſté du ſujet. Des différens ſtyles qu'admet l'éloquence profane, il n'y a proprement que le ſtyle ſimple qui convienne à celle de la Chaire; le ſublime doit toujours être dans le ſentiment ou dans la penſée, & la ſimplicité dans l'expreſſion.

Telle fut, MESSIEURS, l'éloquence de l'Orateur qui eſt aujourd'hui l'objet de vos regrets; elle fut touchante & ſans art, comme la Religion & la Vérité; il ſembloit l'avoir formée ſur le modèle de ces diſcours nobles & ſimples, par leſquels un de vos plus illuſtres Confrères inſpiroit au cœur tendre & ſenſible de notre Monarque encore enfant, les vertus dont nous goûtons aujourd'hui les fruits.

Qu'il ſeroit à ſouhaiter que l'Egliſe & la Nation, après avoir joui ſi long-temps de l'éloquence de mon prédéceſſeur, puſſent en recueillir les reſtes après ſa mort! La lecture de ſes Ouvrages en eût ſans doute juſtifié le ſuccès. Mais M. l'Evêque de Vence, par un ſentiment que nous oſerions blâmer, ſi nous n'en reſpections le principe, ſe défia, comme il le diſoit lui-même, de ſa jeuneſſe & de ſes partiſans. Il fut trop éclairé pour n'être pas modeſte; ſon ame reſſembloit à ſon éloquence, elle étoit ſimple & élevée. La ſimplicité eſt la ſuite ordinaire de l'élévation des ſentimens, parce que la ſimplicité conſiſte à ſe montrer tel que l'on eſt, & que les ames nobles gagnent toujours à être connues.

Enfin, ce qui honore le plus, MESSIEURS, la mémoire de M. l'Evêque de Vence, c'eſt ſon attachement éclairé pour la Religion. Il la reſpectoit aſſez pour vouloir la faire aimer aux autres; il ſavoit que les opinions des hommes leur ſont du moins auſſi chères que leurs paſſions, mais ſont encore moins durables quand on les abandonne à elles-mêmes; que l'erreur ne réſiſte que trop à l'épreuve des remèdes violens; que la modération, la douceur & le temps détruiſent tout, excepté la vérité. Il fut ſur-tout bien éloigné de ce zèle aveugle & barbare, qui cherche l'impieté où elle n'eſt pas, & qui moins ami de la Religion qu'ennemi des Sciences & des Lettres, outrage & noircit des hommes irréprochables dans leur conduite & dans leurs écrits. Où pourrois-je, MESSIEURS, reclamer avec plus de force & de ſuccès contre cette injuſtice cruelle, qu'au milieu d'une Compagnie qui renferme ce que la Religion a de plus reſpectable, l'Etat de plus grand, les Lettres de plus célèbre?

La Religion doit aux Lettres & à la Philoſophie l'affermiſſement de ſes principes; les Souverains l'affermiſſement de leurs droits, combattus & violés dans des ſiècles d'ignorance; les Peuples cette lumière générale, qui rend l'autorité plus douce, & l'obéiſſance plus fidèle.

Quel eſt notre bonheur, MESSIEURS, de vivre ſous un Prince humain & ſage, qui ſait combien les Lettres ſont propres à faire aimer à la Nation ce que lui-même chérit le plus, la juſtice, la vérité, l'ordre & la paix? Des diſpoſitions ſi reſpectables dans notre auguſte Monarque, ſont du moins auſſi prétieuſes pour nous, que tant d'actions éclatantes, dont une ſeule ſuffiroit pour immortaliſer ſon règne, la grandeur de ſa Maiſon augmentée, deux Provinces conquiſes & deux victoires remportées en perſonne, la paix rendue à l'Europe par ſa modération, la nobleſſe accordée aux défenſeurs de la Patrie, l'école des Héros élevée à côté de leur aſyle, la terre meſurée de l'extrémité de l'Afrique à la mer glaciale, le goût pour l'agriculture & les choſes utiles encouragé par les opérations les plus ſagement combinées, le commerce le plus néceſſaire rendu libre entre nos Provinces, la ſubſiſtance accordée par ce moyen à vingt millions d'hommes qui vont l'appeller leur Père.

C'eſt donc à nous, MESSIEURS, (le zèle pour la Patrie m'autoriſe à me mettre du nombre) c'eſt à nous à répondre aux intentions ſi droites & ſi pures du Prince équitable qui nous gouverne, en inſpirant par nos Ouvrages à tous les citoyens, l'amour paisible de la Religion & des Loix. Ce fut aussi principalement dans cette vûe, ce fut pour fixer dans la Nation par vos écrits la manière de penser, bien plus que la langue, que votre illustre Fondateur vous établit. Il connoissoit toute la considération & par conséquent toute l'autorité qu'un homme de Lettres peut tirer de son état. RICHELIEU, vainqueur de l'Espagne, de l'Hérésie & des Grands, sentoit au milieu des hommages qu'il recevoit de toutes parts, que si le sage n'en rendoit qu'au grand Homme, la multitude n'en rendoit qu'à la place, & que les applaudissemens arrachés par Corneille à la multitude & aux sages, n'étoient donnés qu'à sa personne. La forme & les Loix que votre Fondateur vous prescrivit, MESSIEURS, étoient une suite de l'idée qu'il avoit de la dignité de vos travaux : il vous fit le présent le plus prétieux & le plus juste que puisse faire un grand Ministre à une Societé d'hommes qui pensent & qui s'assemblent pour s'éclairer mutuellement, l'égalité & la liberté; par-là il écarta de vous cet esprit de fermentation & de trouble qui est le poison lent des Societés littéraires; par-là il prépara l'honneur que vous ont fait, & celui que se sont fait à eux-mêmes les premiers hommes de l'Etat, en venant parmi vous sacrifier aux Lettres un rang qu'elles respectent toujours dans les Grands même qui s'en souviennent, & à plus forte raison dans ceux qui l'oublient. Ainsi autrefois Pompée, vainqueur de Mithridate, de l'Afrique & de l'Asie, prêt à disputer à César l'Empire du Monde, déposoit ses faisceaux, son ambition & ses lauriers à la porte d'un Philosophe avec lequel il alloit s'entretenir, & laissoit à douter aux sages même, qui étoit le plus grand en cette occasion, du Philosophe, ou du Conquérant.

Mais l'honneur le plus distingué que vous ayez jamais reçu, MESSIEURS, est la protection immédiate de vos Souverains ; cet objet est devenu trop grand pour tout autre que pour eux. Les Lettres ne peuvent être dignement protegées que par les Rois, ou par elles-mêmes. L'Académie Françoise verra à la tête de ses Protecteurs ce Prince si célèbre dans les fastes de la France, de l'Europe & de l'Univers, à la gloire duquel tout a concouru jusqu'à l'adversité même ; plus Grand, lorsque pour le soulagement de ses Peuples il engageoit à la paix les Nations liguées contre lui, que lorsqu'il les forçoit à la recevoir ; enfin, qui mérita de ses Sujets, des Etrangers & de ses Ennemis, l'honneur de donner son nom à son siècle.

Tels sont, MESSIEURS, les objets immortels que vous devez célébrer : tels sont les engagemens de tous ceux que le talent appelle parmi vous. Pour moi je me bornerai à vous entendre & à vous lire ; je sentirai croître par votre exemple mon attachement pour ma Patrie, déja éprouvé par un Prince, l'allié & sur-tout l'ami de notre Nation, & que l'Europe & ses actions me dispensent de louer ; j'apprendrai enfin de vous ce que les jeunes Lacédémoniens apprenoient de leurs

Maîtres, le reſpect pour les Loix, l'amour de la vertu, l'horreur de toute action lâche & odieuſe. Je finis, MESSIEURS, pénétré à la vûe de vos bienfaits & de mes devoirs ; les ſentimens dont mon ame eſt remplie, impatiens de ſe montrer, ſe nuiſent les uns aux autres, & je ſerai une exception à la règle, qu'il ſuffit de ſentir pour être éloquent.

RÉPONSE de M. GRESSET, *Directeur de l'Académie Françoise, au Discours prononcé par M.* D'ALEMBERT.

MONSIEUR,

LES esprits d'un ordre supérieur appartiennent à tout ; également citoyens de l'empire des Lettres & de celui des Sciences, ils passent du Portique & du Lycée au Temple des Muses & des Beaux-Arts sans en ignorer la langue & sans y paroître étrangers : appellés par la Nature, éclairés par le Génie, ils s'élancent au-delà des barrières où rampe la foule des beaux-esprits sans études & des savans sans graces : nés pour être utiles & chers aux hommes, ils ouvrent des routes nouvelles dans le labyrinthe de la Nature, ils étendent la sphère des idées, ils perfectionnent les arts, ils élèvent des monumens immortels, & réunissant le savoir & l'agrément, la force & l'élégance, le don de bien penser & le talent de bien écrire, leurs ouvrages les annoncent, leurs succès parlent, & il ne peut être pour eux de plus éloquent éloge que leur renommée.

Telle est, MONSIEUR, la brillante destinée des grands talens & la vôtre ; & quand non-seulement la France Littéraire, mais toute l'Europe

Savante applaudit aux ſuffrages qui vous placent ici, la Renommée ne me laiſſe rien à dire : d'ailleurs la véritable philoſophie ne reçoit qu'impatiemment le tribut des louanges ; ſupérieure à la vanité qui les deſire, à l'adulation qui les prodigue, à la médiocrité qui les diſpute, elle ne ſait que les mériter, elle craint de les entendre, & par-là même elle force quelquefois l'envie à reconnoître le mérite & à le pardonner.

Dans un jour conſacré à la gloire des talens & des ſuccès, pourquoi faut-il mêler la voix de la douleur au langage des applaudiſſemens ? Vous avez tracé, Monsieur, avec autant de vérité que d'énergie, l'image de l'illuſtre Prélat que l'Académie Françoiſe vient de perdre ; mais nos regrets ſont trop étendus, trop ſenſibles & trop légitimes pour ne point arrêter encore un moment nos regards ſur ſon tombeau. Quelle perte l'Eloquence vient de faire ! Et quel génie lumineux viendra diſſiper les profondes ténèbres qui la couvrent ?

Notre ſiècle n'a que trop de ces eſprits médiocres, de ces talens ſubalternes, qui ſe croyant ſublimes ne peuvent manquer de ſe trouver éloquens, & d'être pris pour tels par le vulgaire de tous les rangs. Dans toutes les Tribunes, ainſi que dans la pluſpart des Sociétés, on n'a que trop à eſſuyer ou de cette froide éloquence prétendue, qui n'eſt qu'une ſtérile abondance de mots, un vain étalage de raiſonnemens ſans principes & ſans objet, un chaos d'idées & de ſentimens ſans force & ſans chaleur ; ou de cette éloquence ridicule qui n'eſt que le langage foible du bel eſprit, le jargon faſtidieux de l'antithèſe, & la manie puérile de mettre tout en épigrammes. Pour aſſurer à notre ſiècle une ſuite nombreuſe de pareils déclamateurs, il ne faut que deux qualités qui malheureuſement ne ſont pas prêtes à manquer ; la merveilleuſe facilité de parler long-temps ſans avoir rien à dire, & la confiance intrépide qui accompagne toujours les talens médiocres & les beaux eſprits ſans génie.

Mais qui nous rendra le vrai talent de parler avec raiſon, avec force, avec utilité, ce génie mâle & majeſtueux, ſenſible & pénétrant, ſimple & ſublime, dont Athènes & Rome ont laiſſé des monumens que le dernier ſiècle a peut-être ſurpaſſés parmi nous, & que le nôtre n'atteint plus? Qui nous rendra ſur-tout l'éloquence de la Chaire, ce talent ſi rare, ſi difficile & ſi ſouvent uſurpé, ce talent le premier de tous, par la néceſſité, la grandeur & la ſupériorité de ſon objet? Qui nous rappellera ces Orateurs puiſſans, ces modérateurs de l'eſprit humain, ces maîtres des paſſions elles-mêmes, ces miniſtres vraiment dignes d'annoncer aux hommes la vérité éternelle, l'unique vérité devant qui la Terre doit reſter en ſilence avec ſes maîtres & ſes ſages? Enfin, qui ranimera les cendres de l'Orateur illuſtre que nous regretons aujourd'hui, le dernier qui nous reſtoit du ſiècle de l'éloquence véritable, & dont les talens avoient balancé quelquefois les ſuccès de Maſſillon? Il avoit comme lui recueilli, dans cette Compagnie, l'héritage &

la place de Boſſuet & de Fléchier. Nous voyons nos pertes, nous les pleurons, & nos larmes ſont d'autant plus juſtes que les dédommagemens ſont devenus plus rares, & que l'Eloquence Sacrée attend encore ici un reſtaurateur.

Malgré le faux axiôme reſpecté dans les écoles & proſcrit par le goût, vous avez eu raiſon de dire, MONSIEUR, qu'on ne doit la grande éloquence qu'aux dons lumineux, à l'impulſion rapide de la Nature, & non au peſant ſecours des règles, ni au pédantiſme des préceptes; le génie ne s'apprend, ni ne ſe copie: mais à cette vérité j'en dois ajouter une plus eſſentielle encore, & que la mémoire de M. l'Evêque de Vence rappelle naturellement pour ſa gloire & pour l'inſtruction de ſes imitateurs: les dons de la Nature, à quelque dégré de perfection qu'on les ſuppoſe, ne ſont pas ſuffiſans; le génie lui-même n'eſt point encore aſſez pour un Miniſtre de la parole ſainte, il n'a rien, il n'arrive à rien, s'il ne joint aux talens & au génie l'autorité de l'exemple & l'éloquence des mœurs; on n'inſpire point ce qu'on ne ſent pas vivement, il faut être convaincu pour convaincre, & agir pour perſuader; avec toute l'élévation des idées, toutes les graces de l'expreſſion & toute la force du ſentiment, on eſt bien foible contre les paſſions d'autrui, quand on eſt ſoupçonné de les partager, quand on n'eſt annoncé que par la vanité, le deſir de plaire, & la profane ambition.

Ce ne ſut point ſous de pareils auſpices que M. l'Evêque de Vence entra dans la carrière; rempli des grandes vérités du Chriſtianiſme, nourri de l'étude des livres ſaints, il n'eut de guide que la Religion elle-même; ſes talens pour la Chaire furent bientôt proclamés par la voix publique, & ſes ſuccès décidés; il n'étoit point de ces Prédicateurs frivoles & mépriſables, qui à la face des Autels même, cherchant moins les palmes du Sanctuaire que les lauriers des Spectacles, viennent montrer qu'ils ne ſavent que le langage du monde, ne veulent que lui plaire, & n'emportent de nos Temples, aux yeux du Chriſtianiſme & de la Raiſon, qu'une gloire ſacrilège & des ſuccès ridicules. Ses diſcours énergiques & ſenſibles, embellis par toutes les graces extérieures du talent, recevoient un nouveau poids, une autorité nouvelle, de la réputation de ſa vertu. Solitaire paiſible, Philoſophe Chrétien, ſans cabale, ſans protecteurs, attendu par un peuple nombreux, & ſans avoir mandié d'auditeurs, du fond de ſa retraite il venoit apporter la lumière, dévoiler les chimères du monde, les illuſions de l'amour propre, les petiteſſes de la grandeur, la foibleſſe des eſprits-forts, le néant de la ſageſſe humaine; il venoit conſoler l'infortune, attendrir la proſpérité, apprendre aux impies à trembler, aux incrédules à adorer, aux grands à mourir, aux hommes à s'aimer; il étoit pénétré, il touchoit. Il n'appartient qu'à la vertu réelle, que donne & conſacre la Religion, d'élever cette voix impérieuſe qui ſoumet la raiſon, qui fait taire l'eſprit, qui parle au cœur & commande le devoir.

La Gloire, qu'il ne cherchoit pas, vint le trouver dans sa solitude, & l'illustrer sans changer ses mœurs. Arrivé à l'Episcopat sans brigues, sans bassesses & sans hypocrisie, il y vécut sans faste, sans hauteur & sans négligence. Ce ne fut point de ces talens qui se taisent dès qu'ils sont récompensés, de ces bouches que la fortune rend muettes, & qui se fermant, dès que le rang est obtenu, prouvent trop qu'on ne prêche pas toujours pour des conversions; dévoué tout entier à l'instruction des peuples confiés à son zèle, il leur consacra tous ses talens, tous ses soins, tous ses jours, Pasteur d'autant plus cher à son troupeau, que ne le quittant jamais, il en étoit plus connu. Louange rarement donnée & bien digne d'être remarquée; dans le cours de plus de vingt années d'Episcopat, M. l'Evêque de Vence ne sortit jamais de son Diocèse, que quand il fut appellé par son devoir à l'assemblée du Clergé; bien différent de ces Pontifes agréables & profanes craïonnés autrefois par Despréaux, & qui regardant leur devoir comme un ennui, l'oisiveté comme un droit, leur résidence naturelle comme un exil, venoient promener leur inutilité parmi les écueils, le luxe & la mollesse de la Capitale, ou venoient ramper à la Cour, & y traîner de l'ambition sans talens, de l'intrigue sans affaires, & de l'importance sans crédit. Enfin, plein d'années, de vertus & de gloire, il est mort, pleuré des siens, comme un père tendre, honoré & chéri, expire au milieu des gémissemens d'une famille éplorée, dont il emporte l'estime, la reconnoissance & les regrets.

L'éloge des morts ne seroit pas plus utile que la critique des vivans, s'il n'étoit une leçon pour ceux qui restent. Souvenons-nous donc, en regardant ce tombeau, que les lettres & les talens n'ont de réelle & durable gloire que quand la Raison & la Religion y sont unies. A la voix de ces cendres encore éloquentes, que la noble émulation s'enflamme dans tous ceux qui osent se destiner à l'Eloquence, en quelque genre que ce soit. On se plaint qu'elle dégénere ; mais que la nature seule soit consultée & suivie, que le goût de l'étude renaisse, que le cœur inspire, que la raison parle, alors l'Eloquence véritable se relevera dans toutes les Tribunes. Laisserions-nous enlever cette palme du génie à la splendeur d'un Empire, qui sous les loix heureuses du plus grand des Monarques, réunit tous les lauriers des talens & des arts, & tous les titres immortels qui consacrent la gloire du Maître & le bonheur des Sujets?

www.ingramcontent.com/pod-product-compliance
Lightning Source LLC
LaVergne TN
LVHW052042160826
845678LV00003B/1495

* 9 7 8 2 3 2 9 6 3 6 5 8 0 *